VENTE

CONSTANTIN GÜYS

AQUARELLES

DESSINS

provenant

de la

COLLECTION

NADAR

Mᵉ ANDRÉ COUTURIER

COMMISSAIRE-PRISEUR

M. F. MARBOUTIN

EXPERT

Jeudi 17 Juin 1909

IMPRIMERIE ARTISTIQUE
C. CHARFOUR
RUE MILTON 8 & 10
PARIS

CATALOGUE

DES

AQUARELLES & DESSINS

PAR

Constantin GÜYS

provenant de la Collection NADAR

DONT LA VENTE AURA LIEU

HOTEL DROUOT — SALLE N° 11

Le Mercredi 17 Juin 1909

A 2 HEURES 1/2 PRÉCISES

~~~~~~~~~~~~~~~

M⁰ André COUTURIER	M. F. MARBOUTIN
COMMISSAIRE-PRISEUR	EXPERT
Successeur de M⁰ Léon TUAL	
56, Rue de la Victoire, 56	2, Rue de Marseille, 2

CHEZ LESQUELS SE TROUVE LE PRÉSENT CATALOGUE

~~~~~~~~~~~~~~~

EXPOSITION PUBLIQUE

Le Mercredi 16 Juin 1909, de 1 heure 1/2 à 5 heures 1/2

CONDITIONS DE LA VENTE

———

La vente sera faite au comptant.

Les adjudicataires paieront *dix pour cent* en sus des enchères.

Il ne sera admis aucune réclamation une fois l'adjudication prononcée.

AQUARELLES ET DESSINS

PAR

Constantin GÜYS

DÉSIGNATION

1 — Officiers de la Garde Impériale.
   Aquarelle.

2 — Femmes d'Orient.
   Lavis encre de Chine.

3 — Le Phaëton.
   Lavis encre de Chine.

4 — A Constantinople.
   Plume et lavis.

5 — Amazone. Groupe de cavalières, cavaliers.
   Trois dessins mine de plomb.

6 — Le Coupé.
   Plume et lavis.

7 — Cavaliers Kurdes à Scutari.
   Encre de Chine.

8 — **La Revue.**
Crayon et encre de Chine.

9 — **Cavaliers. Le Pansage.**
Trois dessins.

10 — **A Londres.**
Plume et crayon.

11 — **Le Bosphore.**
Mine de plomb.

12 — **Souvenir de Naples.**
Plume et lavis.

13 — **Au Bois. Cavalier et amazone. Cavaliers.**
Quatre dessins.

14 — **Sur le Boulevard.**
Encre de Chine.

15 — **La Promenade.**
Deux dessins plume et lavis.

16 — **Suisse à la porte d'une église. Naples.**
Lavis encre de Chine.

17 — **Cavaliers.**
Deux dessins crayon et lavis.

18 — **La Taverne.**
Plume et crayon.

19 — **Au Piano.**
Crayon et encre de Chine.

20 — **Sur le trottoir.**
Lavis encre de Chine.

21 — « Créatures ».
Deux dessins plume et lavis.

22 — Attelage de gala.
Lavis encre de Chine.

23 — Amazone et cavalier.
Lavis encre de Chine.

24 — La Bénédiction. Souvenir de Rome.
Plume et crayon.

25 — Sur le terrain de manœuvres.
Plume et crayon.

26 — Officier et cavalier. (Italie).
Deux dessins plume et lavis.

27 — Au Salon..... Pourparlers.
Deux dessins lavis.

28 — Femme en buste.
Lavis encre de Chine.

29 — Cavaliers.
Deux dessins.

30 — Au choix...
Trois dessins plume et lavis.

31 — Dans la rue.
Lavis encre de Chine.

32 — Promenade au Bois.
Deux dessins plume.

33 — Un Bazar en Turquie.
Mine de plomb.

34 — Présentation au roi Ferdinand. Naples.
Encre de Chine et crayon.

35 — Une Voiture à Constantinople.
  Dessin plume.

36 — Cavaliers.
  Trois dessins.

37 — Régiment de Guides.
  Mine de plomb.

38 — Amazone et cavaliers.
  Trois dessins.

39 — Filles.
  Deux dessins.

40 — Le Châle.
  Lavis encre de Chine.

41 — En Normandie. Le marché.
  Aquarelle.

42 — La Daumont.
  Crayon et fusain.

43 — Au Concert Musard.
  Aquarelle.

44 — Une Élégante.
  Lavis.

45 — Cavaliers et équipage.
  Encre de Chine et plume.

46 — Un Baptême à Naples. Le départ pour l'église.
  Plume et lavis.

47 — La Voiture du Sultan.
  Plume et lavis.

48 — En Orient.
  Sépia.

49 — A Sébastopol (1855).
Aquarelle.

50 — En Retraite. Souvenir de Crimée.
Aquarelle.

51 — Le Petit tablier.
Lavis encre de Chine.

52 — Deux cavaliers.
Aquarelle.

53 — Au Bois.
Aquarelle.

54 — Sur la porte.
Lavis encre de Chine.

55 — Filles et homme. Les Petits chapeaux.
Trois dessins. plume et encre de Chine.

56 — Officiers anglais. Crimée.
Lavis.

57 — La Rencontre.
Plume et Lavis.

58 — Officiers à cheval.
Plume et lavis.

59 — Aux Champs-Elysées.
Aquarelle.

60 — Pourparlers.
Mine de plomb et lavis.

61 — Une Elégante (Collection Baudelaire).
Plume et lavis.

62 — État-Major Anglais en Crimée (1855).
Aquarelle.

63 — Coupés et calèches.
  Cinq dessins.

64 — Un Début (Collection Asselineau).
  Crayon et lavis.

65 — Scène de la rue (Italie).
  Crayon et plume.

66 — La Bénédiction. Naples.
  Plume et crayon.

67 — Au galop.
  Lavis, encre de Chine.

68 — Cavalier et amazone.
  Lavis et crayon.

69 — Attelage napolitain.
  Plume et encre de Chine.

70 — Le Départ pour la promenade.
  Dessin à la plume.

71 — Au Pas. Cavalier.
  Deux dessins. Lavis.

72 — Une Chanteuse.
  Crayon et lavis.

73 — A Londres. Un carrosse de gala.
  Mine de plomb et lavis.

74 — Sur le Boulevard.
  Croquis. Crayon et plume.

75 — Cavaliers.
  Trois dessins.

76 — Au Salon.....
    Lavis.

77 — Deux Elégants.
    Lavis.

78 — Groupe de cavaliers.
    Plume et lavis.

79 — Travaux à Londres.
    Plume et lavis.

80 — Au Trot.
    Crayon et plume.

81 — Bal de Barrière.
    Lavis, encre de Chine.

82 — « Créatures ».
    Cinq dessins. Crayon et plume.

83 — Cavaliers.
    Quatres dessins. Lavis.

84 — Généraux.
    Deux dessins.

85 — Souvenir d'Italie.
    Croquis. Lavis.

86 — Groupe de Cavaliers.
    Mine de plomb.

87 — En Turquie, carrosse et cavalier.
    Aquarelle.

88 — Le Concert Musard.
    Lavis, encre de Chine.

89 — Chasseurs d'Afrique.
Aquarelle.

90 — Une Présentation au roi Ferdinand (Naples).
Lavis et plume.

91 — Filles.
Trois dessins.

92 — Amazones et Cavaliers.
Trois dessins.

93 — Parisienne.
Lavis et crayons.

94 — Cavalier.
Lavis, encre de Chine.

95 — Sur le Boulevard.
Lavis, encre de Chine.

96 — Cavaliers.
Deux aquarelles.

97 — Au Bois.
Croquis. Mine de plomb.

98 — Cavaliers et amazone.
Trois dessins.

99 — Le Coupé.
Aquarelle.

100 — Groupes de cavaliers.
Trois dessins.

101 — **Cavaliers.**

Trois dessins.

102 — **La Promenade.**

Plume et crayons.

~ wwwwwwwwwwww ~

E. A. GOODALL

103 — Souvenir du Siège de Sébastopol (avril 1855).

Dessin rehaussé.